Libro piccolo di meraviglie

Jacopo da Sanseverino

Texte et illustration de couverture : © domaine public
Edition : Culturea (Hérault, 34)
Contact : infos@culturea.fr
Retrouvez notre catalogue sur http://culturea.fr
Imprimé en Allemagne par Books on Demand
Design typographique : Derek Murphy
Layout : Reedsy (https://reedsy.com/)

Dépôt légal : janvier 2023

ISBN : 9791041845866

1.
VENEZIA, 1° MAGGIO 1416

Di quattro gentili vuomini, ch'andorono cercando gran parte del mondo, e chi e' sono o furono, e dove andorono.

Nell'anno mille quattrocento sedici, a dì 1° di maggio, si trovorono quattro cavalieri nella città di Vinegia; e fuvene tre oltramontani e uno italiano Li oltramontani furono questi: lo siniscalco di Bramante, messer Guido dalla Loca e 'l visconte di Teromagna; e 'l latino fu messer Jacopo da Sansoverino. E trovandosi tutti a quattro in Vinegia, acordaronsi insieme di mettere ciascuno di loro certa quantità di tesoro e andare cercando gran parte del mondo.

E così feciono, pregando Idio e la sua Santa Madre che desse loro buono viaggio con salvamento dell'anime loro. E si partirono con una galea, che andava al viaggio del Santo Sipolcro.

2.
DA GERUSALEMME AL MONTE SINAI

Andamo in Gerusalem, e vicitamo tutti quelli santi lati, come più chiaramente ancora vi conterò.

E di poi avemo uno torcimanno e certi camelli, i quali ci portarono a Santa Caterina nel Monte Sinai, che sono sedici giornate. E giunti che fumo a Santa Caterina, vedemo quello suo santo corpo, che istà in una cassa molto ornata. El capo suo era separato dal corpo, e niente di meno istava tutto in una cassa; e della mano manca le manca uno dito, e il detto dito è in Trebusonda pe' reliqua.

E perché siate bene informati, lo detto Monte Sinai è a modo d'una rena; e nella sommità di questo monte è una capanna, nella quale parlò Moisè con Idio, e quivi gli dette la legge nelle due tavole scritte; e sotto questa capanna è un'aqua che corre via.

E nel detto monte, nel mezo, è una capella, nella quale v'è drento il corpo di questa santa vergine; e alla detta capella sono dodici caloìni, che ognuno di loro tiene una chiave della casa, dove istà questo beato corpo. Sapiate ch'e' caloìni al nostro modo sono romiti, che no ma[n]giono mai carne, e sono della fede greca.

E drento a questa beata capella è una lanpana grande, e per divina potenza arde sempre, e mai non vi manca mai olio, e sempre dì e notte istà accesa.

E a piè di questo monte è una villa di buoni vuomini lavoratori; e sono cristiani che pagono grande trebuto al soldano di Banbillonia; e li detti romiti vivono di limosine.

3.
IL MARE ROSSO E IL MARE DELLA RENA

E poi passamo più inanzi da questo monte insino al Mare Rosso, ch'è una giornata. E perché voi sappiate, lo mare non è rosso, anzi è rossa la rena del fondo, e però si dicie Mare Rosso.

E quivi istemo tre dì aspettando la carovana, che doveva venire dal Cairo per andare in India.

E venuta ch'ella fu, noi parlamo col maestro della carovana, dicendoli di volere andare in sua propia compagnia. E sapiate che ognuno di noi aveva uno famiglio. Adunque eravamo otto, e avavàno per nostro bisogno quattro cavagli, ché ciascuno ne portava due. E poi lo domandamo quanti danari voleva da noi. Rispose, volerci fare buona conpagnia, e di volerci apresentare alla magnifica Signoria del Prete Giovani; e poi li donassimo ducati quattrocento d'oro. E così noi fermàno essere contenti.

E allora lui c'informò di tutte le cose che noi avavamo di bisogno.

E col nome di Dio pigliamo nostro camino verso l'India.

E avemmo buono camino tre giornate, dove trovamo le terre bene popolate; e passati questi tre giorni, entramo nel Mare della Rena, ciò è nel diserto, che dura ventiquattro giornate sanza abitazione. In queste giornate non si truova aqua se none in tre luoghi.

Sapiate che questo Mare della Rena dall'una banda a l'altra sono grandissime montagne di rena, e nel mezo delle montagne è segnato il camino di passo in passo, perché e' non si possa errare la via. Così come noi navichiàno colla bussola per mare, così loro vanno per terra con uno paio di tavolette, e conoscono e' venti buoni e li contradi. E non voglia Idio che di cielo cadessi o rugiada o altro, che coprisse la via di detto cammino, o i detti segnali fatti nella via, perché non si saprebbe poi dove s'andasse, e chi vi si trovasse, anegherebe nella rena.

E tali vuomini si truovano in tenpesta della detta rena, che afogano e secansi; e di quella carne si fae l'otriaca.

4.
NELLE TERRE DEL PRETE GIOVANNI

Passati che noi fumo queste ventiquattro giornate, lodamo Iddio, e venimo in uno reame di mori, il quale si chiama Moscadone; e il re aveva nome Macometto, ed è sugietto del Prete Giovanni. E il paese è molto buono, e favisi di molto zuchero e grande quantità di carne.

E passando più avanti sette giornate, arivamo in un altro reame pure di mori; e chiamasi lo reame di Melcifolo, e lo re aveva nome Balaba, sugetto al detto Prete; e sono gienti bestiali.

E passando più inanzi nove giornate, arivamo in uno reame, che si chiama reame di Froco. Ed è bello reame; ed ènne re uno moro molto magnifico, ed à nome Istaniso, ed è sugetto del Prete Giovanni. Questo reame è molto dovizioso, che si truova molto gengiovo verde; ed è uno dimestico reame, ed èvi molte frutte, è molto bene lavorato. E sapiate che dall'uno reame a l'altro sono di molte ville e di castella, che per abbreviare nolle dico.

E passando più inanzi dodici giornate, entramo in uno magnifico reame, e chiamasi Pensaremelo. E il re à nome Giorgio, ed è cristiano e parente del Prete Giovanni; e dicono ch'è della stirpa di Davit, ed è uomo ardito e molto gagliardo di sua persona, ed à fatte molte guerre a' Giudei d'Isdrael, quando non vogliono pagare il trebuto al

Prete Giovanni. Questo reame è pieno di frutte; e infra gl'altri v'è un frutto come uno cederno, e al gusto sa di sette sapori di frutte; e per la quantità di questo frutto sì v'è una quantità grande di gatti mammoni. Questo re va a caccia a questi gatti, perché non guastino il paese, come si va di qua alle lepre.

5.
I GIGANTI, I PIGMEI, I MONOCOLI

E passando più avanti nove giornate, v'è una provincia molta bella, e àvvi una gienerazione d'uomini di grande statura, alti dieci e undici palmi, e sono più grossi che lunghi, e sono molto valenti di loro persona; e non ànno signore sopra di loro, se none il Prete Giovanni. In questa provincia sono due grandissimi fiumi, ne' quali el Prete Giovanni manda a cavare l'oro e l'ariento; e chiamasi questa provincia Gamue. E due mesi dell'anno, cioè di giugno e d'agosto, vi cade tanta rugiada la notte, che vi pare piovuto otto dì. E pure sono gente bestiali, e ànno poca ragione: fra·lloro ànno molta dovizia di bestiame, e sonne grandi mangiatori.

E passando più avanti otto giornate, entramo in una provincia, che si chiama Utiana. E sono vuomini infedeli, e chiamansi li Pimei; e sono vuomini picoli, alti tre palmi, e ànno grosso capo; e le case loro sono sotterra, ciò è caverne. E questo fanno per la paura de' gru, ché ve n'è sì grande quantità in quello paese, che fanno gran danno di loro sementa; che quando li Pimei ànno seminano, e questi gru mangiono la loro sementa, e li Pimei la vogliono difendere e co·lloro balestrucci e altro. E molte volte sono sì grande la quantità de' gru, che fanno gran macello di detti Pimei, e così per lo oposito; e quando li Pimei veggono non si potere riparare da' gru, di tratto si fuggono nelle caverne.

E passando più avante quindici giornate, entramo in uno bello reame, chiamato Filisteo, ed è cristiano; e 'l re à nome Meneriscotto. Questo paese è bene lavorato, ed èvvi dovizia d'assai spezierie, ed èvvi molto oro ed ariento. Ed èvvi una generazione di cavalle di vari colori, ciò è gialle, azurre, verde e rosse; e ancora una gienerazione d'animali chiamati tinboli, e sono fatti dal collo insino alla testa come lioni e dal collo indrieto come buoi, e ànno tutti i piè fessi e molta buona carne da mangiare.

E passando più avanti dodici giornate, vi è una provincia di generazioni d'uomini, che ànno uno ochio nella testa, e non ànno punto di collo, e tengono il capo intra le spalle; e quando vogliono volgere il capo, volgono tutta la persona. E sono valenti vuomini, e sono sugetti al Prete Giovanni, el quale fa grande stima di loro; e la loro fede è idolatra.

6.

GOIA, I° NOVEMBRE 1418: IL PRETE GIOVANNI

E passando più avanti tredici giornate, entramo nella magnifica città di Goia, nella quale istà la magnifica persona del Prete Giovanni. E la città è magnifica e grandissima, ed è bene popolata, tanto che no vi capiono; ed èvvi drento cento migliaia di case o più.

Noi vi giugnemo il primo dì di novembre nel 1418, e stemovi otto dì inanzi che potessimo parlare al Prete Giovanni; e i suoi fattori ci alloggiarono molto bene, dandoci ciò che ci era di bisogno. E in questo mezo li fu raportato come noi v'eravamo arivati; e dopo gli otto dì venne per noi un gran signore de' suoi, el quale per nome si chiamava Amodeo, ed era cristiano. E con bella salutazione ci domandò, se noi sapavàno la solenità e reverenza si fa a questo gran signore, che cierto è il magiore signore del mondo. Noi rispondemo di no; e elli ci disse: «Farete quanto vi dirò. Quando voi sarete alla sua presenza, e voi v'inginochiate, e ponete il capo alla terra, e non vi levate insino non farà segno colla mano che voi vi leviate suso; e così farete di passo in passo insino a tanto sarete presso a·llui; e non vi acostate a·llui, se non vi chiama. E quando sarete presso alla sua Maestà, li bacierete i piedi, e piglierete i suoi panni, e poreteveli in capo». E così faciemo quanto ci disse.

7

E lui ci cominciò a domandare che giente noi savàno, e di che paese, e se noi savàno cristiani, e quello savàno venuti a fare. Rispondemoli ch'eravàno cristiani e di che paese. Elli ci disse ch'era gran tempo che none avea veduto neuno delle parte di Ponente; disse che noi avavàno presenza di gentili vuomini. Noi li dicemo che noi eravàno cavalieri, e tre di noi franciosi e uno italiano; e che non si meravigliassi se noi eravàno arivati in suoi paesi, perché la nominanza della sua Signoria è tanta, quanto essere potesse nel mondo; e oltre a questo è tanta la nominanza delle degne cose ch'erono in suo paese, che impossibile ci era a credere, e però eravàno venuti a vedere tante mirabili cose.

E in questo dire un suo turcimanno, ch'era gienovese, ci domandò che era de[l] Re di Francia e del Re d'Inghilterra, e che possanza era la loro, e se avevono pace infra·lloro, e che giente poteva fare ciascuno di loro da cavallo. Per noi si rispose quant'era la possanza di questi due re. E lui si meravigliò, e rispose che era poca signoria a petto a quella lui teneva che fusse; però che, quando lui andava a caccia per ispasso, per suo diletto menava più gente, che non ànno questi due re. E domandocci di tutti e' re e signori cristiani, e massime del nostro Papa e dello Inperatore; e noi li dicemo l'afare di tutti. Allora rispose che tutte le cose di Ponente li pareono frasche a rispetto a·llui; e diseci che sotto sé aveva cinquanta re cristiani e dodici re mori. E nella sua presenza aveva dodici re cristiani e quattro re mori, che lo servivono quando mangiava; e mostroceli, e disse: «Questi sono li minori re che io abia in mio paese». E noi li vedemo; e ciascuno di questi re aveva indosso tante gioie che valevono un tesoro infinito; e questo medesimo ci confermò il torcimanno suo, che avea nome messer Carlo Grimaldi.

El dì seguente fummo alla sua Maestà e alla sua messa drento alla sua cappella; e istava molto pontificalemente. Non vi dico come quella cappella era bene ordinata e rica di molte gioie; e chi lo dicesse, non sarebbe creduto. Era la mattonata zafiri e smeraldi e molte altre ragioni di pietre preziose; e dove elli stava a celebrare la messa, era tutta lastricata di smeraldo. E detta che fu la messa, ci domandò quello ci parea di sua cappella, e se a noi ci pareva che facessino opera di buoni cristiani. Noi rispondemo che sì, e che noi altri di Ponente tenavamo loro bonissimi cristiani. Egli aveva indosso uno mantello di velluto nero, coperto tutto di perle grosissime, e teneva in piede un paio di stivaletti insino a meza gamba, coperti di diamanti e rubini: non è maraviglia ch'egli abia queste gioie, perché si truovano in suo paese.

E sapiate che 'l Prete Giovanni è della stirpe di Davit, ed è dell'ordine di Santo Agostino. Ancora non v'ò detto in che modo e' fanno la sua creazione. Sapiate che non può essere Prete Giovanni se non è della stirpe di Davit; e quando e' muore, eleggono dodici di loro, e' quali alla vita del Prete Giovanni sieno stati co·llui; e uno di loro à essere detto Prete Giovanni, ciò è quello che tra·lloro sarà migliore; e questo conviene che sia conosciuto per mezo del glorioso Santo Tomaso apostolo, inperò che non viene per ereditate. Lascio lo scrivere di ciò, ché a tempo lo ritroveremo.

Noi ci partimo da·llui con buona licenza, adomandandoli una grazia: che a·llui piacesse farci aconpagnare insino a Surga, dove istà il corpo di Santo Tomaso, perché nella parte di Ponente, e massime in corte di Roma, era publica fama che questo benedetto apostolo fa molti miracoli. «E però noi, per vedere questo santo corpo, siamo venuti sì gran camino con grandi nostri pericoli, e abiàno speso molto tesoro per vicitare questo santo corpo, e ancora la sua magnifica Signoria». E allora elli rispuose che avea avuto gran piacere di nostra venuta; e disse che così grandi camini non si potevono sanza gran pericoli e grandissime spese, e che ci voleva provedere di nostri bisogni. Non vi potremo contare quello ch'egli ci donò, che fu assai.

7.

I CINOCEFALI

Noi ci partimmo da·llui con buona licenza, e fecci aconpagnare da due gentili vuomini insino alla provincia di Gio, che v'è una magnifica città, che si chiama Verdiletto, ed è discosto dalla città di

Goia cinque giornate; ed è molto bella e grande, ed èvvi molte torre fortissime. In questa città istà il primogenito del Presto Giovanni, el quale è posto alla elezione degli altri dodici, quando il Prete Giovanni muore.

E appresso a questa città, a sei giornate, è una provincia molto bella e rica, ed è detta provincia di Rodano.

Apresso, a cinque giornate, à un'altra provincia molto salvatica. E sonvi molte istrane bestie; e la natura delli vuomini, che vi sono, è di non credere, perché è molto istrana, che il capo e' piedi ànno come i cani, non si intendono, e mangiono carne cruda. E ànno uno intendimento che, quando il Prete Giovanni vuole fare guerra, sì la fae significare loro da certi vuomini, che ànno co·lloro maniera, e di poi li mette in campo. E non fa di bisogno sia detto loro altro, ché, se non sono morti, mai si partono dalla battaglia, e sono crudeli proprio come cani.

8.
I MIRACOLI DI SANTO TOMMASO APOSTOLO

Partimoci la quarta giornata, e giugnemo in una provincia, la quale è quella di Surga; e giugnemo due dì inanzi a Santo Tomaso. Ora vi si conterà e' miracoli di questo grorioso Santo Tomaso apostolo.

Elli istà in una isola, ch'è presso a terra a due miglia, e ogn'anno la vilia di questo santo apostolo a ora di vespro si seca il mare, e fa uno andito da terra all'isola; e 'l dì del santo a ora di vespro ricresce come si sta tutto l'anno. E questo fu il primo miracolo che noi vedemo.

E sapiate che 'l detto santo istà in una capella molto divota; e nella capella è uno tabernacolo molto divoto e bello, e fa molti miracoli. E quando uno cristiano andassi per vedere questo grorioso santo il dì della sua festa, e trovasse il tabernacolo serato dica tre volte: «Credo in Geso Cristo figliuolo di Dio», e faciasi il segno della santa croce. E di subito per divina potenza lo vedrà aprire; e vadavi uno giudeo o altro infedele, essendo aperto il tabernacolo, si serra. E noi vedemo aprire detto tabernacolo, e vedemo questo santo corpo sedere in una magna sedia: el quale corpo è tutto seco, eccetto le due dita della mano destra, le quale e' misse nella piaga del nostro Signore Gieso Cristo; e quelle sono vive e sanza macula alcuna. El detto corpo mostrava d'essere giovane, e era vestito de' panni ch'elli portava al tenpo di Cristo; e odorava il detto corpo che pareva di moscado.

Noi istemo nella detta isola insino al dì di Natale, e nella detta capella si fece dire una solenne messa; e 'l detto corpo fu posto con gran solenità in capo dello altare. Cantata la messa, il prete consagrò molte ostie, per comunicare giente; e 'l detto prete pigliava l'ostia a una a una, e mettevale fra ·lle due dita di Santo Tomaso, quelle che misse nella piaga di Geso Cristo; e la giente ordinatamente andava con divozione a pigliare il santo Corpo di Cristo. E quando v'andava uno degno di comunione, Santo Tomaso apriva le dita; e none essendo degno, le strigneva, e nollo comunicava.

E istemo in questa isola tre mesi; e in questo tempo si morì el Presto Giovanni, e com'io dissi di sopra, si rifà pel mezo di Santo Tomaso. E pare cosa incredibile che uno corpo morto abia a mettere in degnità uno corpo vivo. E di sopra vi dissi come questi sono della stirpe di Davitte, e che uno di loro deba essere Presto Giovanni. Sapiate che come el Prete Giovanni muore, i sopradetti dodici vuomini, detti di sopra, si mettono a fare penitenza ognuno di per sé, e il simile farebono e' figliuoli, sed egli n'avessi. E quando costoro ànno fatta penitenza, s'acozano insieme, e vengono a loro piedi verso la detta isola insino alla riva del mare, e tolgono una barca, e fanno d'avere una ghirlanda di fiori, e portalla co·lloro. E, quando sono giunti alla capella del grorioso santo con grandissima procissione, traggono lo suo corpo fuori, e pongollo in capo all'altare, e fanno cantare una solenne messa, e la detta ghirlanda mettono fra·lle due dita di Santo Tomaso; e a uno a uno di coloro, che fatto ànno penitenza, divotamente s'inginochiano a piè del santo. E quando vi si pone quello che n'è più degno, ciò è di più santa vita, allora il santo lascia cadere la ghirlanda sopra il suo capo; e per questo modo si fa il Prete Giovanni, che senpre conviene che sia uno diritto e buono signore. Quelli che noi vedemo furono tredici, ché in tra·lloro vi fu il figliuolo del Presto Giovanni; e vedemoli andare sotto la ghirlanda; e quando e' passò il nono, la ghirlanda gli cadde in capo. Costui era santissimo e divoto vuomo, e avea nome Andrea, d'età d'anni quaranta. E così per mezo di Santo Tomaso fu fatto Presto Giovanni.

E venendo el dì della Pasqua di Resuresso, molta gente venne nell'isola per udire la predica di Santo Tomaso, perché ogn'anno in detto dì predica dodici parole, e non più. E disse che lui non credeva che Cristo, che era figliuolo di Dio, potesse morire; e per esserne certo, volle mettere le dita nella piaga di Cristo. E mostra le dita, e fa con esse benedizione al popolo, e, data la benedizione, torna poi nel suo luogo.

9.
L'ISOLA DI FEMINIA E I COSTUMI SESSUALI DI ZORCOLIA

Noi chiedemo licenza alla magnificenza del Prete Giovanni di volere vedere una isola, la quale si chiama terra di Feminia, che a noi pareva impossibile potesse essere cotali maraviglie. Il Presto Giovanni ci rispuose che a·llui piaceva.

E per grazia [sua] noi vedemo la detta terra, nella quale solamente istanno le donne senza nessuno vuomo. E quando queste donne ànno volontà di usare colli vuomini, elle mandono in terra ferma molte barche, e fanno venire grande quantità d'uomini, che usono co·lloro el tenpo che a·lloro piace, e poi danno loro licenza, e mettonli a' luoghi levàti.

Da questa isola a terra ferma sono dodici miglia. E drento vi si ricoglie molto chermisi e grana e cera e gherofani e mèle.

E ancora ànno queste donne un altro costume sopra le creature, che, quando partoriscono uno maschio, lo tengono tanto co·lloro che possi andare, e poi lo mettono in terra ferma, e rendollo a' padri loro; e delle femine le tengono senpre co·lloro.

Partimoci adunque dalla detta isola, e arrivammo a una città chiamata Zorcolia, che vi istà uno inperadore nominato Allessandro, il quale tiene la fede greca, ed è un grandissimo signore; e tiene il passo al Tartero Grande, ché, se e' potesse avere il passo, verebe e passerebono in Grecia. Questa città di Zorcolia è presso a quindici giornate dalla città di Trebisonda, e presso alla città di Samarchi del reame di Persia a dodici giornate.

Il sopradetto inperadore tiene due montagne altissime, che a gran fatica vi si monta suso. E montando noi su per le dette montagne, arivamo in una pianura, molto bene abitata da molta giente.

E le donne ànno più giuridizioni che li vuomini: elle possono fare a·lloro modo sanza licenza delli vuomini; e fra·lloro costumano di prendere dodici mariti, quando a·lloro piacesse. E quando elle vogliono usare il matrimonio, chiamano uno de' mariti, e menollo in camera, e apicono il capello, ch'ell'usano di tenere in capo, inanzi all'uscio della camera; e quando e' venisse un altro de' suoi mariti, veduto apicato el capello, si torna adrieto.

La detta montagna dà gran trebuto allo inperadore Allessandro, perché vi si cava gran quantità d'ariento. E quivi venimo per mezo dì.

10.
GLI ANTROPOFAGI DI MENTRA

Ora incominciamo d'andare inverso Levante, dove istà il Grancane.

E partendoci dalla detta isola arivamo a una isola, che si chiama Menitra, e abitavi gente di strana condizione, e sono sottoposte al Presto Giovanni. E tengono tra·lloro uno costume sopra l'infermi, perché chi viene in infermità, loro usono che quando alcuno avesse male, di che infermità si fosse, di tratto mandono pel medico, dicendo: «Venite a guarire uno infermo». E 'l medico viene, e 'ngegnasi di conoscere la sua malattia; e, conoscendo di poterlo guarire, con grande diligenza lo cura insino che sia guarito. E quando conosce che lo infermo non potesse guarire, si piglia consiglio con l'altri medici, e acordansi di conoscere il male; e, se lo veggono mortale, lo dicono a' parenti, dicendo: «Nollo lasciate istentare, perché non può canpare». E allora i più stretti parenti, perché none istenti, l'ucidono, e fannone pezi, e mettollo a cuocere in caldaie, lesso, nel vino, e mettonvi su molte spezierie; e di poi i più stretti parenti invitano, e se lo mangiono, e fanone gran festa. E quanto è magiore maestro, tanto più magiore convito fanno e festa.

11.
LE PIRE DI LUZICA

Di poi partimo, e arivammo in una provincia chiamata Luzica, e abitavi gente di mala condizione, e reggonsi sotto alcuno signore.

Il detto signore usa alla morte sua come udirete: quando si vede in fine di morte, fa venire dinanzi da sé tutti e' suoi amici, e dice loro: «Voi vedete che io istò per morire, e sapete ch'io v'ò fatti grandi e alti, e grande onore avete ricievuto in mia vita; sì che ora voglio alla mia morte farvi più onore, e vogliovi meritare di tutti e' piaceri m'avete fatti in vita mia». E dice loro ch'è contento che muoiano insieme co·llui: «A ciò mi faciate conpagnia». E costoro rispondono: «A noi è somma grazia e grande onore a morire insieme con voi». E molto beato si tiene chi è da·llui richiesto, e chi può morire col signore. E quando el signore è morto, ordinano di fare uno gran fuoco, e mettonvi il corpo del signore; e quelli ch'ànno promessa la morte co·llui si gettano a un tratto in detto fuoco, e ardono insieme co·llui. E i figliuoli rimasi di detti vuomini arsi sono molto onorati per amore della morte de' padri loro.

12.
GLI ELEFANTI DI BRESTIA

Partimoci della detta provincia, e a cinque giornate arivamo in un'altra provincia chiamata Brestia; ed è molta bella provincia, sugietta al Presto Giovanni. Nella detta provincia vi sono molte castella e di molti fiumi, e favisi gran quantità di leofanti, ed è molto salvatica e boscata.

Questi elefanti figliono nell'aque, perché non si possono porre in terra a giacere, perché non ànno niuna giuntura nelle gambe; anzi l'ànno tutte d'un pezo, e quando fossono in terra, non si possono levare; e quando vogliono dormire, s'apogiono a uno albero, e dormono ritti. E sono grandi braccia otto o più, e non ànno neuno pelo, e ànno la coda lunga e 'l piè tondo, e 'l capo tengono fra·lle spalle, perché non ànno punto di collo; e ànno gl'orechi canuti, e sono di colore quasi nero, e portono adosso di circa cento mila libre.

Partimoci, e a cinque giornate arivamo in uno reame molto bello, e chiamasi e' reame del re Inetto; e 'l re à nome Isali, ed è moro, e serve al Presto Giovanni. E favisi molto pepe, e alberi di canella e di noci moscade; ed èvvi un bello castello.

Questo re è grande nimico del Grancane, perché sotto fede uccise il figliuolo, e diello a mangiare a' cani. Nel tenpo che noi istemmo in queto reame, vedemo fare la vendetta d'uno nipote del Grancane, che per forza lo fecie morire. Questo re è valoroso vuomo d'arme, ed è a' confini del Grancane.

13.
CANBELLETTA, IL GRAN CANE

Partimmoci di questo reame, e arrivammo alla città di Canbelletta. Questa città è molto maravigliosa, e la sua grandeza, ch'è dall'una porta a l'altra, andando per lo mezo della città, sono tre giornate; ed è intorno intorno murata: èvi uno castello in mezo, che gira trenta miglia.

E costumano di portare a sotterrare i morti fuori della città cinque miglia, a ciò che drento alla terra non sia nessuno puzo.

E ancora in questa città è un altro costume, che veruno vuomo non usa co' nessuna donna, salvo che a quelle che sono diputate a ciò come meretricie; però che se gli uomini, che vogliono usare colle donne, fussono trovati con altre donne che avessono marito, ne va la vita ad amendue le parti; ma e' vi sono circa trenta mila meretricie nella città.

Sonvi molte città e castella, e gran quantità di fiumi. Questo paese è copioso di molti giardini e di cacciagione d'ogni ragione.

Ora voglio che voi sapiate la magnificenza di questo signore, che, quando e' cavalca, lo portano quattro leofanti sopra un castello di legname, molto ricamente lavorato e adorno; e mena seco circa dugento mila cavagli, e ferati tutti, tale d'oro e tale d'ariento, e le selle fornite di riche gioie.

E quando e' va a cacciare, tiene questo modo: elli entra nel bosco con grande quantità di giente e tanta che tengono i[n] mezo le caciagioni; questo signore piglia uno arco con cinque freccie, e trae a queste caciagioni. E, come lui à tratto, traggono tutti e' suoi gran signori con freccie d'ariento (e quelle del signore sono d'oro) e co' nomi loro scritti in sulle freccie; e poi trae l'altra giente colle freccie di legno e co' loro nomi. Quelle caciagioni ferite sono donate a coloro che l'ànno ferite.

E sapiate che questo signore è idolatro, e fa sagrificio al fuoco per suo iddio; e ogni mattina a ora di terza fa acendere uno gran fuoco, e va tre volte intorno carponi e col capo per terra; e di poi li vanno drieto per ordine li suoi magiori baroni, e fa il simile. E poi spengono il fuoco col latte, e prendono di quella cenere lattata, e tutti s'ungono el viso, le mani e 'l capo; e quella che vi rimane mettono in un grande bacino d'oro, il quale istà apicato con tre catene d'oro.

E ancora vi dirò di sua nobiltà. E' vive al modo franzese, e così tutti i suoi signori di sua corte; e fanno grande onore a' forestieri. E' feci vedere la caccia de' suoi falconi, e menocci a vederli, ch'erono bene venti mila raunati insieme; e fe' ucellare a gru, e ancora ci mostrò molti istrani animali, e domandandoci se n'era in nostro paese. Rispondemo di no; avavàno gran piacere di vedere cose strane per ridirlo di qua.

14.
LA CACCIA AI LEOCORNI (O ALICORNI, O UNICORNI)

Allora ci menò in uno cerchiovito, dov'erono da sessanta leocorni, legati con catene d'oro, perché sono molti feroci e molto bravi. E non si può apressare a·lloro nessuna persona se none donzelle vergini, perché è animale molto avulterato più che animale che sia al mondo; e mangiono iscorze d'alloro. Noi domandamo come si pigliavono. Rispose: «Io ve lo farò vedere; e domani saremo insieme, e vedrete la più strana cosa che voi vedessi mai».

E l'altro dì noi fummo alla caccia discosto cinque giornate, dove lui istà in uno paese molto disabitato; ed èvvi grandissimi boschi, ed èvi molti istagnoni d'aque; e in questi stagnoni abita molti serpenti di più ragioni, e abitavi molti leoni e molti leocorni e altri animali; e chiamasi el detto paese Somaete. E nessuna bestia usa mai bere a questi stagnoni per insino a tanto che li alicorni non vengono a mettere il corno nelle dette acque, e di poi beono; e quando ànno beuto, gl'altri animali beono.

E sapiate che questo signore à certe donzelle vergine, e mettele intorno a questi laghi, e co' molti cavalli fa caciare questi alicorni; e come il leocorno sente al naso le dette donzelle, conviene che truoi le dette vergine; e, giunto a·llei, le mette il capo in grenbo, e adormentasi. E queste donzelle sono amaestrate dal loro signore, e con certe corde lo legono, e menollo dov'elle vogliono. E se la detta donzella non fosse vergine, subito l'amaza. E veduta questa caccia, tornamo alla detta valle.

Io vi giuro per nostra fede che di questi unicorni ne fue presi ventiquattro in ispazio d'otto dì.

15.
I DROMEDARI

E anche voglio che voi sapiate di questo grande signore, detto il Grancane, senpre tiene corriere di camino di cinquanta giornate di passo in passo. E ànno dromedari, che fanno il giorno miglia cento cinquanta.

E quando lo Grancane vuole sapere novelle del Presto Giovanni e dello inperadore del Gattaio, che sono suoi nemici, tiene questi dromedari che portano lettere di passo in passo; e quando e' truovono gl'altri dromedari, li dà le lettere, e torna adrieto, e l'altro camina inanzi; e così di giorno in giorno lo Grancane sente novelle de suoi nimici.

Dicovi, per la fede mia, che lui ci giurò, che amendue questi signori li furono adosso, e lui solo fu bastante a sostenere con amendue. E ancora ci giurò che in quelle due battaglie vi morirono quattro milioni d'uomini da guerra; e mostroci il luogo dove furono queste due battaglie, che sono due piani, l'uno dalla parte del presto Giovanni, e l'altro dello 'nperadore del Gattaio, che sono più di cento miglia per lungheza, e più di sessanta per traverso.

16.
IL CONGEDO DAL GRAN CANE

E poi ci partimo da·llui. Elli ci fecie grande onore, massime di doni; e fra gl'altri donò a ciascuno di noi un pezo di corno di liocorno; e ancora ci fece aconpagnare dallo inperadore Usibech, suo sugetto; ed è idolatro, e crede nella prima cosa che vede la mattina. E lo Grancane lo conquistò per forza d'arme, però che questo Usbech era in prima sugetto dello inperadore del Gattaio.

Di questo inperadore non vi dico nulla, perché il paese suo è molto salvatico per amore delle guerre, e molto è povero; fannovisi molti zibellini e martore.

17.
L'IMPERATORE DEL GATTAIO

Partimoci dallo Usibech per andare allo inperadore del Gattaio, che sono quindici giornate. Infra questi inperadori sono molte castelle e ville, che nolle conto per tedio; e il detto paese si chiama el Gattaio.

E in questo paese è una gran città: dicesi ch'ella fu la magiore città del mondo, e la muraglia lo dimostra, che chi la vede, il crede. Questa città non à mura, ed è chiamata Venzina; ed à dal drento al di fuori cinque mila ponti, e in su ciascuno ponte è una torre; e in mezo di questa città è un lago grandisimo, e nel mezo del lago è una isola di giro di miglia cento cinquanta, ed è abitata di molte generazioni di gente.

E nella detta città si fa molto sale e molta seta: lo sale va per inperio, ed àssene molto tesoro; la seta va alla Tana. Di questo inperadore non vi posso dire la sua possanza né la sua richeza: èvi gran quantità di spezierie. In questo reame si spende una moneta, che si chiama colli di zelmini, colla impronta del signore; e sono larghi quanto un grosso. Non resta, però, che in questo paese non sia di molto oro e ariento. Questa città è fornita di molte gioie, e non ne fanno troppa istima.

Questa città è presso alla marina, e à navili assai; e questi navili ciascuno à cinque o sei alberi, ciascuno colla vela in mezo. E sono questi navili fatti con caviglie sanza ferri, per cagione che in quello mare v'è di molta calamita.

Io voglio che voi sapiate della sua posanza. Questo inperadore si misse a disfare il Tanburlà (questo Tanburlà è il signore di Tartarìa) per piccolo sdegno che 'l Tanburlà fecie a uno scudiere dello inperadore del Gattaio: lo 'nperadore lo voleva disfare, onde il Tanburlà fecie abruciare tutti i suoi paesi, che furono di lungheza più di sesanta giornate, che v'era molte ville e castella, ch'erono in mezo tra·llo inperadore e 'l Tanburlà. Fecie questo abruciamento, perché lo 'nperadore non trovasse da mangiare, che sono cento giornate dallo inperio a Samacante, la quale è la principale città che abia il Tanburlà.

E sapiate che lo 'nperadore ci disse che andava adosso al Tanburlà con due milioni d'uomini tra a cavallo e a piè; e trovamoli per lo cammino. E dicovi che quando fummo giunti collo inperadore del Gattaio, ci disse che 'l Tanburlà era più possente signore del mondo.

Partimoci dal detto inperadore, e a dodici giornate trovamo una città chiamata Misco, sugietta allo 'nperadore del Gattaio; e il re si chiama Salaniche, ed è idolatro, e fa i sacrifici che fa il suo signore. Questa città à uno porto di mare, che si chiama Salo; e a questo porto vengono e' navili carichi di seta, la quale portono alla Tana, e vanno per terra.

E a sei giornate di qui è un'altra città detta Taburca; e non v'è signore, anzi si reggie a popolo, e dà trebuto al signore del Gattaio.

E di sopra a nove giornate v'è un'altra città chiamata Campofavano: è molto rica, e regiesi a popolo, e dà cienso al Gattaio; èvvi molto oro e ariento e piombo. Sono uomini di piccola statura, ànno grande quantità di bestie. Costoro ànno fatto gran guerra al Tamburlà; e lo 'nperadore del Gattaio li tiene molto cari, perché sono valenti vuomini.

18.

SAMARCANDA DOPO TAMERLANO

Or vo' che sapiate, che di qui a Sacamante sono quaranta giornate sanza ville o castelli da farne menzione. E voglio che sapiate che questa città di Sacamante si fa più di diciotto mila migliaia di fuochi. E la loro moschea, ciò è chiesa dove e' fanno orazione, à mile cinquecento colonne di marmo bianco; e drento a questa moschea sono due grandi sepolture, che nell'una istà il corpo di Timilei, signore che fu di Tarteria (costui disfecie Domasco): sopra questo corpo sono più di mille lampane d'oro; e l'altra sepoltura è piena di gioie, che furono del morto signore.

Questo signore mena tanta quantità di giente, che non può abitare in terre abitate, ma abitono in campi e in boschi. Lo campo suo si chiama Lordio. Noi fumo in questo Lordio, e vedemo sessanta mila padiglioni, e di ciò molto ci maravigliamo, e domandammo che mangiava tanta quantità di giente. Risposono che apresso a questo Lordio aveva uno grandissimo bosco, che gira intorno quattrocento miglia: e in questo Lordio erano quaranta fiumi, e nel bosco era gran quantità di bestiame, grosso e picolo, e gran quantità di cavalle, e tenealle per pasturare gl'uomini.

E 'l detto grande Tanburlà à nome Istrioco, figliuolo fu di Timilbei, ed era la sua signorìa insino a' confini di Domasco; e il re di Persia si è suo sugetto, sì come udirete. E col grande Tanburlà istemo sei mesi, e vicitamolo ogni dì una volta per lo meno; ed era dal nostro padiglione al suo dieci miglia, e non si saziava mai di domandarci delle novelle di Ponente e di corte di Roma e del re di Francia e degl'altri re. E dicemoli come nelle parti de' cristiani erono tenuti gran signori. E ci disse che 'l campo, che noi avavamo veduto, non era il quarto di sua gente; però che 'n questo campo non era se non gran signori, e l'ordinanza di sua corte. E messer Adorio Doria, ch'era nostro interprete e genovese, ci confermò ogni cosa che ci avea detto essere la propia verità, e che quello gran signore non si poteva riprendere d'alcuna bugia.

E di po' noi adomandamo licenza alla sua signoria, dicendoli di volerci partire e tornare ne' nostri paesi. Rispose ch'era molto contento, ed erali istato molto a grado la nostra venuta, pregandoci non ci dispiacessi se ci avea tenuto tanto tenpo, ché tutto avea fatto per sua consolazione e piacere. Quello messer Adorio Doria l'avea informato come noi eravamo cavalieri e di gran legnaggio. Questo gran signore ci fecie cortesia, e donocci quattro cavalli, forniti i freni di molte gioie, le quali valevono parechi centinaia di ducati; e donoci quattro spade tarteresche, fornite di gioie, e parechi verghe d'oro e d'ariento, e feci vestire di zibellini. E domandoci se volavàmo ire al camino nostro di Domasco o al camino di Trebusonda, e che noi andassimo dove volesimo, che per tutto andremo sicuri. Noi li rispondemo, che noi eravamo disposti andare a vedere dove istava l'arca di Noè, e di poi andare a vedere la torre di Babello e Domasco. Elli ci rispuose che l'arca di Noè la troveremmo pel camino di Banbilonia: «E io scriverò al re di Persia,

ch'è nostro schiavo, che vi farà aconpagnare insino alla detta torre».
E ancora ci disse: «Noi vi daremo un salvo condotto, ciò è una freccia del nostro arco, iscritta del nostro nome, che chi la vedrà, vi farà e farà fare grande onore, e arà grande tremore di voi; e tristo alla barba di chi vi farà il contradio!».

E così ci fu data la freccia, e partimoci di detto canpo.

19.
L'ARCA DI NOÈ

E a quindici giornate arivamo in uno reame molto magnifico, detto il reame d'Erminia, lo quale ha due grandissime montagne, e penamo uno giorno a montare. In mezo di queste due montagne è una moschea, ciò è una chiesa, e quivi istà l'arca di Noè, ciò è a piè delle dette due montagne e la detta moschea colla detta arca del patriarca Noè. E ivi fanno loro orazioni, e stanovi due romiti, che servono a Macometto.

Noi salimo le dette montagne, e portamo con noi le cose che ci erono di bisogno, e misurammo l'arca, ch'è alta braccia cinquecento ottanta quattro, e lunga braccia mille novecento, e larga braccia dugiento quaranta due.

20.
IL RE DI PERSIA

Partimoci di questo luogo, e a dodici giornate trovamo una città chiamata Crissa. Li uomini della detta città, vedendo la freccia, ci feciono grande onore.

E passando da venti giornate è uno gran paese, molto salvatico e ispopolato, e arivamo alla città di Sarmachi, ch'è la prima città di Persia. E quivi trovamo lo re di Persia, el quale seppe ch'eravamo forestieri e cristiani, e che noi venavàmo dal gran signore Tanburlà; veneci incontro con trenta cavalli, e di subito conobbe la freccia.

Discosto da noi circa braccia cento ismontò da cavallo, e venne a piè insino a noi, e abassossi, e baciò il piede al mio cavallo. E questo fece solo a me messer Jacopo da Sansoverino, perché io portavo la freccia in mano. Per questo io non mi mossi da cavallo, e lo detto re prese la freccia, e baciolla, e posesela in capo; e poi con gran reverenza me la rendé, e domandomi come stava lo suo gran Signore Grande. Allora io li risposi ch'io lo salutavo da sua parte, e dettili la lette[ra] che 'l Tanburlano li mandava. E lui la prese, con gran solennità e reverenza la lesse. E fece a tutti noi gran festa, e disse: «Lo mio signore mi comanda che io vi facci aconpagnare dove a voi pare d'andare, e io sono molto presto a ubidire e a farvi fare buona conpagnia». E quando udì da noi che 'l Tanburlà istava bene ed era sano, lui s'inginochiò, e levò le mani al cielo, e ringraziò Idio, poi che 'l suo signore stava bene, e domandommi in che paese elli si trovava al presente, e per che vento elli stava. Noi li rispondemo che stava per tramontana; ed elli s'inginochiò, e fece reverenza verso tramontana, e dette tre volte del capo in terra. E levossi su, e montò a cavallo, e menocci alla città di Samarchi.

E quando fumo alla porta, intesi di questa Persia che cosa ell'è. Dico ch'è un paese molto abitato di città e di castella e di ville, e molto fruttifero; ed è tutto piano, e à molti fiumi e fontane, e à abondanza di pane, vino e carne.

La prima città si chiama Andrinopoli, la seconda Salanica, la terza Filonopoli, la quarta Emo, la quinta Galipoli, la sesta Magarisse, la settima Lagola, l'ottava Aroitani, la nona Labrazia, la decima Lopozellino: tutte queste sono sugiette al Turco per la grande moltitudine de' Turchi che abitono in Grecia. Questo Granturco è anticamente nato in Turchia. Questa Turchia è uno grandissimo paese, pieno sanza numero di giente e di castelle e di ville, e pieno di grandissime montagne, e pieno d'ogni bene. In questo paese di Turchia è uno grandissimo signore, il quale si chiama el Salamanno, o vuoi Calamanno, e fa gran guerra al Granturco, e à quasi possanza quanto lui. Questo grande Calamanno è signore della piccola Ermenia e di molte altre città.

Lascio istare lo signore Calamanno, e torno al gran re di Persia. Lo detto re ismontò da cavallo, e andò a piede, e noi a cavallo, che non volle iscavalcassimo. E menocci per la briglia al suo palazo, e detteci una camera con altre istanze nel detto palazo, fornito di tutte cose che ci bisognavono. E domandoci onde noi venavàno, e d'onde noi eravàno, e che tanti gran paesi avavàno cercato. E noi rispondemo ch'eravàno di Ponente, e andavamo cercando il mondo per nostro piacere. E lui ci rispose che grande grazia ci aveva fatta Iddio, che di là d'onde noi savàno partiti: «Cioè dal Mare Rosso, e attraversata India, ed essere venuti qui a me; però che none udi' né mai vidi che nessuno cristiano, né altra gente, avesse fatto tale camino».

E istemmo in questa città di Samarchi due mesi.

21.

TABRIZ E BAGHDAD

E di poi el detto re ci menò alla città di Taurissi, e penamo andarvi quindici giornate; la quale città è distrutta, perché uno de' figliuoli del Tanburlà, che aveva nome Basiche ⟨...⟩ Nel tenpo che noi fumo là il detto re ci disse che quella città era abitata da fuochi cento trenta mila o più, e ne' nostri dì era abitata di fuochi quaranta mila. In questa città è grande quantità di gioie, e fanno il mercato di notte; e sono donne che le vendono, perché di dì nolle vegga persona.

Istemmo nella detta città di Taurissi quaranta giorni; e il detto re ordinò ci fosse fatto grande onore, e feci di continovo le spese. E di poi ci fece aconpagnare infino alla città di Baldaca, che v'è quattordici giornate. La quale è una grandissima città, e chiamasi Ecoli. In nello detto fiume è un ponte, che agiugne dall'una città a l'altra, ed è lungo uno miglio; e in su questo ponte è una capella, nella quale è 'l corpo di Daniello profeta, e noi lo vedemo. Ora voglio che voi sapiate che questa città di Baldaca è molto grande, ed è abitata da dugento mila fuochi di Giudei; e fassi in questa città grande quantità d'indaco; e ispendevisi una moneta molta istrana, che sono foglie d'alberi, che mai non si secono. Questi alberi sono del re di Persia, e sono guardati, che nessuna persona ne possa furare. E sapiate che ciascuna di questa foglie vale quattro ducati.

Ora voglio che voi udiate della città di Cheli, ch'è abitata da trenta mila fuochi, e favisi certe ragioni di canne, che ne cavono molto tesoro; e la detta città di Cheli e di Baldaca sono del re di Persia, come è detto. E da detta città insino alla torre di Banbilonia è quindici giornate, tutte ispopolate, eccietto che vi si truova alcuno romito, che servono a Macometto.

22.
LA TORRE DI BABILONIA

Ora udirete della torre di Banbilonia che cosa ella è. Sapiate ch'ell'è murata tutta di mattoni, e sono in tre gradi a modo d'uno iscudo. Il muro della torre era grosso quattrocento cinquanta braccia, ed è alto da piè insino alla cima tremila dugento braccia, e 'l suo cerchio gira intorno quattromila cinquecento braccia; e sonvi d'intorno intorno ottomilla secento novantaquattro iscaglioni da salirvi su; e sonvi drento quaranta sale di cinquanta braccia l'una, e sonvi secento novantaquattro finestre, e sonvi venticinque porte, che per ogni porta si può entrare a cavallo con una lancia in mano diritta su all'aria; e intorno alla torre sono grandissimi boschi e selve, abitate da più ragioni di serpenti molto velenosi.

Ora vi diremo in che modo vi s'entra. E' nostri conpagni, vedendo che noi avavàno paura, ci dissono che noi non dubitassino di nulla, e che lasciassino fare a·lloro. E allora feciono grandissimi fuochi, e missono lo fuoco ne' boschi; e come i serpenti sentirono il fuoco, cominciorono a fugire, faciendo co' loro fischi grandissimo romore. E ardendo il fuoco, noi arivamo a piè della detta torre. Inanzi che noi v'entrassimo drento, e' nostri conpagni ci dissono che noi facessimo al loro modo. Allora mangiorono di molti agli, e così facemmo noi; e poi ne pestarono, e fregoronse a' polsi, e così facemo noi alle tenpie, agli anari del naso, e a tutti e' polsi. E questo feciono, perché il veleno non ci potesse dare noia. Ora entramo nella detta torre, e guardamola, e misuramola a nostro modo.

23.
DAMASCO

E poi cominciamo lo camino di Domasco; e quelli vuomini, che ci avea dato el re di Persia, si tornorono indietro. E noi togliemo altri uomini a salaro della città di Baldaca, e che ci aconpagnassino insino a Domasco. E entramo per camino, e camminamo trenta giornate da detta torre insino a Domasco. E in queste trenta giornate trovamo molte ville e castelle, e da farne istima; e più si truova sei città grande, che tutte sono sugette al re di Persia, l'altra parte è di Domasco. Vòvi contare per nome le sei città: la prima si chiama Costantina, la seconda Galeata, la terza Algiera, la quarta Alquoio, la quinta Basta e la sesta Medina.

Giunti noi in Domasco, fumo apresentati dinanzi al signore, detto Amiraglio; e a·llui appresentamo una lettera di racomandigia del re di Persia, pregandolo ci facesse buona conpagnia. Lo detto Amiraglio ci disse che pe' reverenza della freccia, ché la conobe, e per amore del re di Persia, ch'era presto a darci quella conpagnia e cortesia che noi sapessimo adomandare. Noi istemo in Domasco per nostro piacere uno mese.

E sapiate che questa città è molto grande e bella e abitata per semila fuochi o più. E il verno v'è uno grande freddo, e cadevi molta neve, e la state v'è grandissimo caldo, per modo che la gente non può dormire per le case, anzi dormono alla foresta.

E sempre istamo nella corte dello Amiraglio e alle spese loro, e il nostro allogiamento nella casa d'uno chiamato messer Carlo Contarini di Vinegia. E' Viniziani e Gienovesi e Catelani non potevono credere lo grande camino che avavàno fatto. Noi demo all'Amiraglio le nostre cavalcature, perché volemmo andare per mare, per fare lo camino di Baruti, che sono due giornate. E il detto Amiraglio per sua cortesia ci donò molte cose, per le quali noi fumo bene rimeritati de' cavalli, e con sua licenza andamo al porto di Baruti.

24.
IL CAIRO, IL NILO

Qui lascerò istare le cose di Levante e Mezodì, perch'assai n'è detto; e del Cairo none abiàno detto nulla, e però io voglio ne 'ntendiate alcune cose. Noi andamo al Cairo; e sapiate ch'ell'è una gran città, ed è abitata da molta giente. E in questa città sono dieci mila e quattro piaze, e per ciascuna piaza sono dodici mila case.

Ancora v'è molte gienerazioni di mori, e' quali non ànno case; e sono ignudi, che non ànno nulla in dosso, se none una peza intorno alla natura, secondo che noi vedemo; e udimo ch'erono circa duecento mila quelli che sono come dico, che vivono di limosina si fa alla moschea, che una volta il dì ànno pane e carne. Queste limosine sono lasciate da' mori; e per loro governo ànno grande quantità di camelli, i quali portano aqua da questo fiume colli otri, e vanno dando bere a ciascuno di detti poveri sanza danari pe' reverenza di Maumetto.

El detto fiume è chiamato il Garles; e dicono che questo fiume viene dal Paradiso Terestro, e mena gran quantità di papagalli, e viene co·lloro la madre su pezi di verzino. Questo fiume cresce due volte l'anno, ciò è d'aprile e di luglio. D'aprile seminano el grano e ogni altra biada, e di poi cade la rugiada come piova, che governa le biade seminate.

In questa città del Cairo è un bello castello, che intorno gira due miglia. Ed è la città sotto il Soldano di Banbilonia. Ed èvvi drento sette torri altissime, chiamate li granai di Faraone. E in detta città sono diputate grandissime quantità d'uomini, che vanno ogni notte su per le torri gridando che ciascuno usi colla sua donna per multipricare.

E nel sopradetto fiume è una ragione di serpenti, che ànno quattro piedi, come i dragoni, ma non ànno l'alie, e sono male bestie, e non ànno uscite di sotto; e, quando ànno patito il loro cibo, lo ributtono per la boca in forma di vermini: allora escie fuori dell'acqua, e ponsi in terra rovescio colla boca aperta. E la natura à prodotto che vengono certi ucelli, che ànno una spina sotto l'alie, e vanno a becare in boca de' detti serpenti e' detti vermini; e volendo il serpe istrignere la boca, non può per la spina che pugne.

Questo fiume fa due rami, che l'uno va in Damiata e va in mare, e l'altro presso Allessandria a quattro miglia, e mette in mare. E da Allessandria al Cairo sono quattro giornate, e dal Cairo a Damiata cinque giornate. E per questa via si può ire al Monte Sinai, dov'è il corpo di Santa Caterina, a dieci giornate. E sapiate che nella città del Cairo sono circa quindici mila case di Giudei.

25.

LA MECCA E LA MOSCHEA DI MAOMETTO

Ora vogliàno andare per Ponente, per trovare la città della Meca, di lungi dal Cairo quaranta giornate, che sempre si va per la rena; e gran parte del camino è disabitato. La detta città è molto picola, e appena agiugne a dumila fuochi: è sugetta al Soldano, ed è presso alla marina a due giornate.

Drento a questa città è una bella moschea, dove fanno orazioni; e qui istà il corpo di Maumetto in una arca di fero, che la tiene sospesa calamita, ch'è intorno alle mura, come ordinò il tristo Macometto. E così come i cristiani vanno a Roma o altrove pel perdono, così vanno i mori alla Mecca ad adorare Maumetto, il quale tengono per loro vero profeta. Molti mori usono questo: chi si cava gli occhi, e chi fa una cosa, e chi altra; e dicono che lo fanno a reverenza di Maometto. Questi mori, quando tornono i·lloro paese, sono tenuti santi.

Noi volemo sapere che cosa era questa moschea. Noi v'entramo di notte col nostro torcimanno, e fumo conosciuti da uno gienovese rinegato, che ci accusò al loro papa. E 'l detto papa mandò per noi, e fumoli menati dinanzi; e, quando ci vide, ci disse: «Cani, figli di cane, che avete avuto animo d'andare a vedere il nostro profeta, che

28

fu messo di Dio!». E disseci: «O volete essere lapidati, o volete rinnegare il vostro Iddio, o essere lapidati?». Noi li rispondemmo che a ·llui non sarebbe utile a rinegare o morire, ma che pigliassi de' nostri danari, e lassaseci andare. E lui ci domandò dumila ducati; e tanto pagamo in sua mano, e andamo al nostro cammino.

26.
CITTÀ DELL'AFRICA

Noi ci partimo, e tanto navicamo, che noi entrammo nella parti d'Africa a una città chiamata Zerolta, ch'era di mori. Il re di Portogallo la guadagnò per forza d'arme.

Partimoci di questa città, e arivammo, a una giornata, a una città chiamata Tanzere, e poi a un'altra detta Azimare; e andando più avanti, trovamo due città: l'una Eram, l'altra Une. E il detto paese si chiama Bella Marina.

E passando più avanti, a cinque giornate, entramo nel reame di Termenzina; e 'l re è moro, e chiamasi re Adalnamino. E a sei giornate entramo nel reame di Fessa, in una città chiamata Fessa, nella quale sono mille quattrocento mulina a aqua, e sonvi drento ventidue migliaia di case; e 'l re è chiamato Belco.

E qui avanti a due giornate arivamo alla città del Maroco, ch'è una magna e gran città; e in mezo di queste due città è una fortissima roca in sun uno monte tutto di sasso. Ora essendo noi giunti al Maroco, noi fumo alla presenza del re, che ci fecie grande onore, e stemo co·llui sei mesi a sue spese. Questa città è de' mori, ed èvvi drento un vescovo cristiano. Il detto re prende sua dignità, e non si impacia d'altro.

Noi pregamo questo re che ci facesse aconpagnare fuori del suo reame; e lui così fece.

E penamo ventiquattro giorni a uscire del suo reame. E in mezo della via sono due montagne, le più alte del mondo, e chiamansi e' Monti Chiari; e tra questi due monti esce un fiume chiamato fiume dell'Oro; e da questo fiume insino al Presto Giovanni sono trenta giornate.

27.
MERAVIGLIE DELL'IRLANDA

Noi caminamo su per questo fiume tanto, che giugnemo nel reame d'Ibernia, che già si chiamò Irlanda. E sapiate che 'l re d'Inghilterra è signore d'una parte di questo reame, e l'altra parte tengono due signori, che l'uno si chiama duca d'Orseste, e l'altro conte di Became; e questi due signori fano gran guerra al re d'Inghilterra. Il detto re non tiene in questa isola più che quattro città: l'una si chiama Divellino, l'altra Giodono, l'altra San Giovanni, e l'altra Bindosoro.

E in questa isola sono gran quantità di giente salvatiche, e abitono sulle montagne, e sono giente poverissime, e non ànno abondanza se non di carne e non punto di vino. In questa isola d'Irlanda è un grande lago d'acqua, e in mezo di questo lago è una isola, abitata da più generazioni di gente, che vi vivono tanto che v'è chi à ricordo di dugento anni o più; e quando rincresce loro il vivere, si fanno portare all'isola grande; e sono posti in terra, subito muoiono.

28.
IN BOEMIA: IL MIRACOLO DELL'OSTIA

Ora noi capitamo in Buemia; e vogliamovi dire uno grande miracolo dell'ostia consegrata, il quale fu in Buemia. Noi lo vedemo, perché noi eravàno in conpagnia dello inperatore Sigismondo; e fu questo, fu poco tempo inanzi si creasse papa Martino.

Essendo il detto re in Gostanza con tutto il collegio de' cardinali e tutte l'anbascierie ch'erono allora, quelli vuomini uscirono contro al nostro openione della fede, e dissono allo 'nperadore e al collegio: «Noi Buemmi tegnamo migliore openione il nostro che 'l vostro, e voglianvelo fare vedere. Venga in nostra conpagnia lo 'nperadore con due cardinali in Buemmia, a conoscere quale openione è migliore». Allora lo 'nperadore insieme co' cardinali, udendo tali parole, si maravigliorono, e diterminorono che questo si vedessi; e elessono che v'andasse lo 'nperadore e 'l cardinale di Lodi, el quale era tenuto santo uomo. E così insieme co·lloro andamo in Buemmia, per vedere queste cose.

E giunti nella città di Braca, ch'è la prima città del regno di Buemia, noi alloggiamo presso alla chiesa di San Giorgio, la quale è presso alla città a tre miglia; e come fumo allogiati, venono alcuni signori di Buemmia, e dissono allo 'nperadore e al cardinale: «Quando a voi piace, signori, che noi vi mostriano il nostro openione?». E loro risposono: «Quando a voi piace, lo vedrèno volentieri». E' detti Buemmi dissono: «Fate fare un gran fuoco, e fate entrare dugiento vuomini de' vostri nel detto fuoco, e noi ne farèno entrare dugiento de' nostri; e quelli che sono di migliore openione camperanno, e de l'altra openione arderanno. In questo modo vedrèno e conoscerèno il meglio». E lo 'nperadore rispuose ch'era contento. E il cardinale contradisse, rispondendo che si potrebbe fare per arte di negromanzia che i nostri arderebono e i loro canperebono. E più disse il cardinale: «Dite loro che mettano dugento di loro nel fuoco, per vedere come e' fanno, e poi metterèno noi e' nostri». E i Buemmi furono contenti, e missono dugento di loro nel fuoco, della qual cosa il nostro collegio molto si maravigliò. Il cardinale, vedendo ciò, conobe ch'era arte di negromanzia, e pregò lo 'nperadore che dovesse dire a' Buemmi che non si partissono. E così fu.

Il cardinale entrò nella chiesa di Santo Giorgio, e con gran divozione consagrò una ostia, e venne fuori con essa; e 'n presenza di tutto il popolo trasse fuori del bossolo la detta ostia consagrata nel vero Corpo di Cristo, dicendo queste parole: «Tu se' Idio, figliuolo di Dio, in tre persone un solo Iddio; tu se' quello che patisti passione in sulla Santa Croce, e sie' quello che salvasti l'umana gienerazione; ond'io ti priego, Signore, che tu salvi questa gente ignorante». E dette ch'ebe queste parole cogli ochi levati a Dio, rimisse l'ostia nel bossolo, dicendo: «Signore, mostra de' tuoi miracoli». E disse allo inperadore che pregasse quelli signori che dovessino fare entrare mille o dumila Buemmi nel fuoco; e così li feron entrare. Allora il cardinale, vegiendoli, fecie grande e somma riverenza a questa ostia consagrata del veracie Corpo di Cristo, e gittolla nel detto fuoco. Allora venne un gran tremuoto, che parve che 'l mondo andasse sotto sopra; e la detta ostia consagrata uscì fuori del fuoco sanza alcuna macola, e tutti e' Buemmi arsono. E allora il cardinale prese la benedetta ostia, ed entrò nella chiesa di Santo Giorgio, e disse messa, ed uscì fuori della chiesa.

E i Buemmi, vedendo questo miracolo, grande quantità de' signori e popolani tornorono, e credettono alla nostra fede. E fatto questo, insieme collo inperadore e 'l cardinale e tutto il collegio tornorono in Gostanza, e feciono relazione del detto miracolo.

29.
LONDRA: UN ALTRO MIRACOLO DELL'OSTIA

E ancora vi voglio dire un altro miracolo del nostro Signore Gieso Cristo, il quale vedemo a Londra d'Inghilterra, il quale fu due anni dopo questo.

Partendosi lo 'nperadore di Gostanza, venne in Catalogna, dove era un altro papa, il quale si chiamava papa Benedetto; e venne per fare unione, perché fusse un solo papa, e non più. Questo papa Benedetto non volle rinunziare, e lo 'nperadore pensò di fare un altro bene, cioè di mettere pacie tra·lla Francia e l'Inghiltera, andando a Parigi, e da Parigi in Fiandra. E andò alla città di Londra in Inghilterra el detto inperadore, trattando della pace.

E così tornandoci noi in Inghilterra, tre uomini eretici inglesi della provincia detta principato di Gualis, ch'è grande provincia, ed à rinegato due volte la fede di Cristo (in prima sapiate che li Inghilesi fanno solenne festa di San Tomaso di Conturbia, peroché, andando il detto santo a predicare nella provincia di Gualis, infine dopo molte prediche vi fu preso e morto da quelli uomini; e Santo Tomaso li maladisse in questo modo, che tutti li vuomini che nascessero nella detta provincia, nascessono colle code, e al presente si fa loro gran dispiacere chiamandoli coduti); tre de' sopradetti eretici essendo venuti a Londra, si trovorono a mangiare a una taverna, e uno di loro disse: «Io voglio ire a vedere Santo Paolo di Londra, ch'è la magiore chiesa di Londra, e per vedere i loro sagrifici, che fanno a que' santi idii, e quanti idii eleveranno. E per ciascuna ostia mi metterò un sassolino nella manica, e arrecherolli qui». E con questo pensiero si partì, ed entrò nella detta chiesa.

Istandovi, vide sagrificare ottanta ostie, e per ciascuna ostia misse un sasso nella manica, e ritornò alla taverna. E disse a' conpagni suoi: «Questi traditori cristiani sono contro alla nostra fede; e vogliovi mostrare quanti idii i' ò veduti de' loro istamani». E volendo scuotere la manica per quelli ottanta sassi, e scotendo, n'uscì fuori uno solo, onde molto si maravigliò, e rimase sbigottito. E vedendolo i suoi conpagni, lo domandorono: «Che ài tu?». Allora disse loro il caso com'era passato; e uno de' suoi conpagni misse mano al coltello per darli, l'altro compagno lo tenne. Onde costui tolse il sasso i' mano, e uscì fuori della taverna, e andò in piaza, gridando: «Misericordia, Giesù, a me pecatore». E in quella mattina cavalcava lo 'nperadore, e noi eravàno con esso lui alla detta piaza; e udendolo lo 'nperadore così gridare, lo domandò della cagione. E il detto eretico con grande reverenza li contò tutto il caso com'era passato, e disse: «Signore, io non ò battesimo; piaciavi di battezarmi». E lo inperadore lo battezzò, e poseli nome Gismondo. E fece pigliare i suoi conpagni, e feceli ardere; e fe' prendere questo sasso con divozione, e molto l'adornò, e misselo nella chiesa di San Giorgio. E 'l detto sasso fa molti miracoli, massime di febre.

30.
PRODIGI NATURALI IN PORTOGALLO

E ancora volle vedessimo più oltre; che a una città, chiamata Carinbe, è uno monistero di monaci, che nel detto monistero è uno pedale di fico, il quale istà verde tutto l'anno, e senpre fa fichi da mangiare tutto l'anno, e sono buoni. E noi del mese di gianaio ci trovamo nel detto monistero, e ne mangiamo.

E 'l detto re volle vedesimo più avanti, e feci aconpagnare a una chiesa, detta Santa Maria della Battaglia; e presso v'è una fonte d'aqua fredda, nella quale mettendovi uno castrone o altre bestie, se n'uscirà tutta pelata e netta; e più à un'altra vertù, togliendo d'ogni ragione carne vuoi, e mettila a cuocere con questa aqua, mai non si cocierà; e come la carne à bollito un pezo, si partono l'ossa tutte nette e pure, la carne non si cuoce.

E ancora volle vedessimo, e fecci aconpagnare a una città, detta Santa Ien, dove è uno tereno, che vi si semina tre volte l'anno, così di verno come di state, e così tre volte vi si ricoglie.

Vedute queste cose, co·lla licenza del re ci partimo.

31.
CITTÀ DELLA TURCHIA

Noi abiàno parlato quasi di tutti li infedeli di Levante, e del Turco non abiàno parlato nulla. Sapiate che 'l Turco non è mica poco, però ch'egli è signore di tutta la Turchia e della magiore parte di Grecia. In Turchia è una città chiamata Palazia, e una detta Altoluogo, e per antico fu gran città, ed èvi drento una chiesa detta San Giovani Vangelista, ed èvvi la sua fossa.

E sapiate che 'n Turchia sono molte città e castella, che non ne faciamo menzione.

32.
RE E REAMI DI SPAGNA

Ora diremo del reame di Spagna, lo quale è partito di signoria di cinque re di corona, de' quali ve n'è uno moro e gli altri cristiani: ciò è el reame di Raona, re di Navarra, re di Castiglia, re di Portogallo; questi sono cristiani; e l'altro è detto re di Granata; e questo è moro, e confina col reame di Castiglia, e dà gran trebuto al re di Castiglia solo per paura.

E sapiate che la propria città di Granata fa più di settanta mila fuochi; e sapiate che 'l re abita fuori della terra in un palazo chiamato Anbre, ch'è il più bello palazo del mondo, e à intorno venti palazi, dove abitono certi cristiani rinegati da farne stima. In questo reame sono molte città e castella fortissime; e ve n'è una detta Settam, e un'altra Ronda, e una detta Zachera, e una Malica, ch'è posta lungo la marina, e un'altra detta Marlinghiere e una Maleche in sulla Marina, e favisi molto zuchero, e più altre città, che le lascio.

E diremo del reame di Castiglia, che vi sono sei provincie, che ciascuna à 'l suo linguaggio: pure s'intendono, eccetto una chiamata di Boschina, che nessuno la 'ntende. La principale provincia si chiama Donanta, che fu per antico tenpo de' mori, che vi sono drento quattro bone città: la prima è Sibilia, e l'altra Cordova, e l'altra Estrarie, e l'altra Scirese della Fontana. E la seconda provincia è Castiglia la Vechia. In questa è molte città, castelle e ville: la prima si chiama Tolletto, villa reale; la seconda Vigilia Doletto; l'altra Medina del Canpo. La terza provincia è Lione di Spagna: à molte città, castelle e ville. La quarta provincia è detta Galizia, dov'è il corpo di Santo Jacopo. La quinta è detta Asturia, ed èvvi una città detta Salvadore d'Asturia. La sesta provincia si chiama Biscaglia, ed evvi molte città e castella, e una città chiamata Biltau e una Mermio e una Lapusca.

E 'l reame di Navarra è piccola cosa, e non à più ch'una città, ch'è Panpalona, e certe castella: una la Stella, uno San Giovanni Piè di Porto e uno Santa Maria di Roncisvalle.

Di Raona non diciàno perché più notorio.

33.

ANCORA SU GERUSALEMME

Il viaggio di Gerusalem si fae di diversi peregrinaggi. Essendo in Gerusalem si va prima al Santo Sepolcro, e dipoi a monte Calvario, e poi Nazarett (istanovi i frati di Santo Francesco); e poi Bettelem e la valle di Jusafat, e 'l fiume Giordano, e 'l monte dove Cristo lasciò le pedate in uno sasso, e poi Galilea, e l'orto dove Cristo orò.

E 'l porto di Galilea detto Giaffa: èvvi una torre, ed è discosto a Gierusalem quaranta miglia.

34.
FINE DEL VIAGGIO

Essendo ora tornati ne' nostri paesi, non ne diciàno nulla, perché sono noti a tutta giente.

Qui finisce il detto viaggio.

Laus Deo. Amen.

Appendice

Capitoli estratti dal codice Barb. Lat. 4048
della Biblioteca Apostolica Vaticana

35.
I MIRACOLI DI SAN TOMMASO APOSTOLO

Partendone, a quattro giornate, giugnemo a una provincia la quale si chiama Surca; e giugnemo uno dì prima Sancto Tomaso, cioè uno dì 'nanzi la vigilia. Ora voglio sappiate i miracoli di questo glorioso sancto appostolo.

Egli sta in una isola piccola, lunge miglia due da terra ferma. Dico et giuro per la mia fede che la vigilia sua ad ora di vespro comincia a seccare el mare, e facevasi uno camino da terra ferma ad questa isola, dove sta questo corpo sancto; el dì suo ad quella medesima ora di vespro cresceva el mare, e copriva la via. Questo è il primo miracolo.

Or udirete gli altri ch'io vidi. Il secondo miracolo: vada uno cristiano a questa isola di Surca, ciò è alla cappella di Sancto Tomaso el dì della vigilia sua. In questa cappella è uno tabernacolo molto grande, addornato di molte gioie; e dentro vi sta questo corpo sancto. Voglio questo tabernacolo sia serrato: el cristiano dica tre volte: «Credo in Iesu Cristo figliuolo di Dio», e facciasi croce. Subito, in punto, per divina providençia s'apre el detto tabernacolo sanza che niuno lo tocchi; e pel contrario vada uno moro in quello luogo medesimo, el tabernacolo sia aperto: subito in quello punto si serrerà. Et io, messere Jacopo da Sam Soverino, domandai di grazia a' guardiani, che guardavano questo corpo sancto, che mi volesse levare di sospetto, cioè che mi lasciasse vedere se dentro a questo tabernacolo avesse alcuno ingiegno che s'aprisse e serrasse per ingegno. Dissono ch'erano contenti, e così fumo a vedere e vedemo ch'era netto, né ve aveva altra cosa che questo corpo sancto, che stava a sedere in una gram sedia: era tutto secco, salvo le due dita della mano diritta, cioè le dita che mise nella piaga di Cristo; quelle dita sono vive, sane e fresche come di uno vivo. Questo corpo sancto era giovano, et sta con quelli panni che aveva al tempo di Cristo, che non sono punto guasti; e quello corpo sancto è più odoroso di moscado.

El terzo miracolo che noi vedemmo fu il dì di Natale, che in questa cappella fu una solenne messa; e fu preso questo corpo sancto e messo in capo dello altare. E poi che la messa fu detta, el prete consacrò molte ostie, per comunicare la gente; el detto prete prendeva l'ostie ad una ad una, e mettevale fra le due dita di Sancto Tomaso, che mise nella piaga di Cristo; e la gente andava per pigliare quella ostia, per comunicarsi. Se egli era degno, non moveva le dita e lasciavagli pigliare l'ostia; e se egli era indegno, piegava le dita e non lasciava pigliare l'ostia.

El quarto miracolo ch'io vidi, è questo ch'udirete. Noi stemmo in questa isola, la quale è due miglia, come di sopra dissi, tre mesi per nostra divozione; e in capo di questo tempo Presto Giovanni morì. Di necessario Sancto Tomaso ha a fare: cosa incredibile, uno corpo morto abbi a mettere uno vivo in dignità di gram signoria. Io vi dissi di sopra come questi sono della stirpe di Davit, e che uno di costoro ha essere Presto Giovanni. Voglio che sappi che di subito che Presto Giovanni fu morto, questi dodici e uno figliuolo (tredicesimo) ognuno di loro si mette a fare penitenza per sé medesimo. E compiute che l'ànno, s'accozzano tutti insieme e vengono appiè con grandissima divozione discontro all'isola, dove sta Sancto Tomaso, e tolsono una barca, e passarono in su l'isola, e portarono con loro una ghirlanda di fiori. E presono questo corpo sancto da questo tabernaculo con gramdissima processione, e misonlo a capo dell'altare, e fenonvi dire una solenne messa cantando, e presono questa ghirlanda e messonla in queste due beate dita; ad uno ad uno di questi tredici, che ha ad essere Presto Giovanni, misono le due dita dove stava la ghirlanda. Dicovi: noi vedemo co' nostri occhi uno de' nove, il quale aveva nome Andrea, di tempo era d'anni quaranta, per fama era buono cristiano. Sancto Tomaso abbassò la mano e lasciò cadere la ghirlanda sopra del capo di costui. E così lo presono e feciongli gram festa; e fu lui Presto Giovanni. Sancto Tomaso fecie in questo modo nuovo Presto Giovanni.

Un altro miracolo vi dico che Sancto Tomaso fa, che molta generazione mi dissono, e specialmente molti re e principi, ch'el dì di Pasqua di Resurrexo che tucto el paese d'intorno viene all'isola di Surcha, dove sta Sancto Tomaso, ad udire la predica sua. Dico ch'el dì di Pasqua predica dodici parole, e non più. E dice che egli non credia che colui che era figliuolo di Dio potesse morire; salvo lui per essere certo volse mettere le sue dita nella piaga di Cristo. E sì le mostra, e benedice con esse, e torna poi in suo luogo.

37.

LA MECCA E LA MOSCHEA DI MAOMETTO

Volendo andare per Ponente et trovare Lameche, sono dal Cairo sino alla Mech giornate quaranta, la maggior parte spopolata; sempre si va per la rena e alcuni popoli abitanti. Questa città della Meche è soggietta al Soldano, e è poco popolata: non aggiugne a fatica a venti mila; è presso alla marina a due giornate.

Dentro v'è una bellissima moscheta, ciò è chiesa, dove fanno loro orazioni; in questa è sotterrato Macometto. Niuno moro usa di accostarsi a passi cimque. Questo Macometto adorano e' mori per loro profeta, come noi cristiani andiamo in pellegrinaggio a Roma e a Jerusalem. Così tutta la morea de' mori vengono in pellegrinaggio a Lamech a visitare questo corpo di Macometto. Molti sono e vengono a Lamech, tengono uno bacino pieno di bracia di fuoco, e mergono tanto gli occhi sopra questa bracia che s'acciecano; e dicono che di poi hanno veduto questo corpo di Macometto; non debbono vedere altra cosa, per non fare peccato. Alcuni altri fanno altro modo: tolgono certe anella di ferro strette e mettenle nella loro natura, per non avere ad fare con femmine e per non corrompersi in altro modo. Quelli mori, che sono stati in pellegrinaggio in questa città di Lameche e che tornano poi in loro paese, dicono che gli altri mori gli tengono sancti.

Noi quattro cavalieri vedemmo questa città di Lameche e questa moschetta; e entrammovi per vedere questo Macometto e queste cerimonie che mori facevano. Entrammovi dentro di notte col nostro truccimanno; infine noi fumo conosciuti da uno genovese ringiato, il quale ci accusò al papa de' mori. El detto papa ci fece comandare andassimo a·llui, e disseci: « Cani, figli di cani, avete avuto tanto animo d'entrare e vedere el nostro profeta, che fu messo di Dio». E disseci: «Delle due cose fate l'una: o vi bisogna morire co' sassi percossi nella vostra persona, o tornate mori». Rispondemoli che utile sarebbe a·llui, se noi tornassimo mori o morissimo, ma che pigliasse de' nostri denari e lasciascesci andare. Egli disse: «Datemi duecento ducati d'oro, e andatene». E così pagammo, e vennimone salvi al nostro viaggio.

38.

IL REAME DI PORTOGALLO

Nel reame di Portogallo molte cose vedemmo; fra l'altre vedemmo una città, che ha nome Caribe. Presso a una meza giornata a questa città sta uno munistero di monaci bianchi; in questo munistero è uno pedale di fico: sta verde tutto l'anno, fa fichi buoni da mangiare ogni dì dell'anno. Noi ne mangiammo di gennaio e di febraio.

Ancora più là in una gram pianura è una bella chiesa, ch'à nome Sancta Maria delle Battaglie; presso a questa chiesa ha una fontana d'acqua fredda, nella quale mette uno cane o qualumque bestia, e caciala fuori presta: fia tutta pelata e netta; e ancora piglia di questa acqua, e mettila in una pentola colla carne, non si cocerà mai, se stesse mille anni.

Più là è un'altra città, ch'à nome Sanctaieni, la quale ha uno terreno che vi si semina el grano tre volte l'anno, così di state come di verno, e tre volte si ricoglie grano ogni anno.

39.

CITTÀ DELL'AFRICA

Partimmo del reame di Portogallo. Passando per mare, arrivammo in Affrica, a una città ha come Zirolta; era de' mori, questo re di Portogallo la prese per forza, e ancora la tiene.

Più là una giornata trovammo una città che ha nome Tanziere. Perché sappiate che noi andavamo facendo, noi andavamo cose maravigliose cercando. Poi trovammo un'altra città, ch'à nome Azimuire; più oltre ne trovammo due città: l'una ha nome Eram, l'altra Unere. Questo paese si chiama il reame di Bela Marina.

Più oltre cinque giornate è uno altro reame, che si chiama Tremozine; el re è moro, ha nome Adalnamino. Più oltre sei giornate è uno altro reame, chiamato reame di Fessa, dove sono, in questa città, mille quattrocento mulina d'acqua; e è una gram città: sonvi ventidue mila di case d'abitare; el re ha nome Belco.

Passando più là due giornate, arrivamo a una gram città chiamata Moroco; infra Fessa e Moroco è disabitato, e èvvi in questo mezzo una rocca in su uno monte di sasso.

Nel mezo del sasso è una gramdissima buca, dove è uno gramdissimo ragnatelo nutricatovisi più di duecento cinquanta anni.

40

Noi eravamo bene a cavallo e andavamo da Fessa a Moroco, in conpagnia delle cavalle che portavano spezie; el re di Fessa mandava quattro cavalli a presentare al re di Morocco; erano menati a mano, che niuna persona gli cavalcava, erano in conpagnia delle cavalle e di noi. Passando noi a lato a questo monte del sasso e a lato a questa buca del ragnatelo, uno moro veniva dietro a noi con quelli quattro cavalli a mano: dinanzi alla buca el ragnatelo cavò fuori della buca solo una zampa, e prese uno di questi cavalli, e tirollo dentro, e divorollo. Il ditto moro gridava dicendo: «E m'è stato tolto uno cavallo!». El maestro delle cavalle si voltò indietro, e cominciò a gridare che noi andassimo tosto, perché era tempo che il ragnatelo doveva uscire della buca. Finalmente noi el vedemmo, e non potevamo credere che uno ragnatelo fusse sì gramde. Andamoli presso a una mezza arcata: el ragnatelo mosse a venire verso noi. Quando el vedemo venire, fuggimmo alla nostra conpagnia. Giurovi in verità che egli era gramde quanto uno gramdissimo padiglione d'uno gram signore. Giungiemmo alla città di Moroco, e contammo el caso al re. Disseci noi averne avuto buona derrata d'essere scampati, perché questo ragnatelo sta tre mesi dell'anno fuori della buca, e niuna persona osa passare questi tre mesi per quella via.

El re ci fece gramde onore; stemovi sei mesi, e sempre ci fece le spese. Questa città è di mori, èvvi uno vescovo cristiano. Questa città ha questa dignità; questo vescovo piglia sua dignità, e non s'inpaccia d'altro.

Noi pregammo questo re ci facesse accompagnare fino al fiume dell'Oro. Sonvi giornate venti; di queste giornate ne sono due montagne, le più alte del mondo, che hanno nome Monti Chiari; da questo fiume [d]ell'Oro fino in India, dove sta Presto Giovanni, sono giornate trenta, andando per mezo giorno. Per questo fiume dell'Oro trovammo molte reti da pescare, e non vedemmo di chi fussono.

40.

MERAVIGLIE DELL'IRLANDA

Del reame di Bernia diremo che già si chiamò Irlanda. El re d'Inghilterra ne tiene parte, nell'altra sono due signori: l'uno è duca d'Ortese, l'altro conte di Beccana; fanno guerra al re d'Inghilterra, perché sono signori di molte città.

In quello paese è uno lago d'acqua molto gramde; nel mezo è una isola abitata da molte generazioni; sonvi uomini che non muoiono mai: èvvi chi si ricorda di trecento o quattrocento anni; quando la vita gli rincresce, si fa portare alla isola gramde: come va el piede in terra, lo spirito gli escie.

In questa medesima isola è una cosa da non credere: v'è uno piccolo fiume, dove in su la riva è uno arboro che fa fructi piccolini come melo; e tutte le mele che caggiono nell'acqua diventano pesche de' quali mangiammo, e quelle che caggiono in terra diventano uccelli; e portammone vivi in Inghilterra. Ancora v'è uno fiume, overo lago piccolino presso a una chiesa: mettendo el legno nell'acqua, mezo e mezo, tenendolo in mano, quella parte che entra nella acqua diventa ferro, e quell'altra rimane pure legno. Provammolo.

41.

IN PROVENZA

Niuno si maravigli se abbiamo detto ora di Ponente, perché davamo la volta cercando maraviglie a chi non l'avesse mai vedute, e cercando la verità di quanto avavamo udito e letto. In Nizza di Provenza presso a miglia due è una torre, la quale feci muovere io e scrollare colle mie mani: è alta braccia ventiquattro, fondata in su una pietra sotto la quale sono due vene d'ariento vivo, che, come si muove l'ariento, si muove la pietra. La terra è d'uno cavalieri che ha nome messere Piero de' Signi; ha ogni anno di rendita di questo ariento vivo ducati sedici mila.

42

42.

CITTÀ DELLA TURCHIA

Ancora non ho detto nulla del Gran Turco e di sua potenzia: vogliovelo dire alcuna cosa. El Turco è signore di Turchia e della maggior parte di Grecia. In Turchia è una città che ha nome Palazia, e una altra che ha nome Altoluogo, dove è una chiesa che si chiama Sancto Giovanni Evangelista: èvvi la fossa del detto sancto, del quale si dicie per scripture e per sancti predicatori che, essendo Sancto Giovanni in questa chiesa, avendo predicato al popolo, el nostro giusto Signore Dio gli disse: «Sappi, Giovanni, che verrò domenica per te, e tu verrai meco». Allora Sancto Giovanni fece fare detta fossa, entrovvi dentro, e una nuvola coperse la fossa; e partita la nuvola, la fossa rimase piena di manna.

Nel paese di Turchia sono molte città e terre che non scrivo.

43.

FINE DEL VIAGGIO

Ancora siate certi noi non andavamo per ritto cammino, ma dove sentivamo fussono di magnifiche cose, o signori, o paesi, andavamo, avisandovi che le spese ci furono fatte da signori el più; e più tosto avanzammo che del nostro ci mettessimo, salvo le persone, che andamo a gram pericoli. Amen, amen.